청어詩人選 289

자벨레의 오체투지

전승진 시집

도서출판 청어

나날이 건강하시고
행운이 함께하시길
기원드립니다.

전승진 드림

◆ 시인의 말

코로나로 힘든 시기입니다.
이렇게 어렵게 살다 보니
저의 詩가
세상과 다른 詩가 될 수도 있겠지만
글에 대한 욕심은
결코 나쁜 것만은 아닐 것입니다.
누구에게나 영혼 속에
표현의식은 잠재되어 있기 때문입니다.
저의 시는 정식 절차를 밟아
배운 사실 전혀 없이
즉흥적으로 생각나는 것들을
눈앞에서 일어나는 사실들을
옮겨 정리한 것뿐입니다.
그러할 진데
두 번째 시집까지 내다니
독자를 속이고
나 자신을 속이는 것은 아닐까
너무 조심스러울 뿐입니다.
하지만 미숙한 또 하나의 생명을
이렇게 내놓고 나니

눈 뜨면 제일 먼저 만나는 사람에게
항상 고마운 마음뿐이고
함께 있음에 바랄 것이 없습니다.
가슴을 더 넓게 열고
정진할 것을 약속드리며
제 글을 읽어주시는 분들을 사랑하고
곁에 있는 사람을 사랑합니다.
감사합니다.

— 전승진

차례

제3부

제4부

제5부

해설

제1부

자벌레의 오체투지

나무줄기에
의태擬態하여 있을 것이지
언제 나에게 다가섰을까
자벌레 한 마리가
한 자 두 자 재어 가다
무릎 위에서 얼핏 멈추어 선다
나도 감전된 듯 시선을 멈춘다

자벌레가
발끝에서 머리끝까지 재게 되면
그 사람은 죽는다고 하던데
한 자 두 자 재며 가는 길에
어떤 저항이 있었기에
옴의 법칙
Ω자로 쉬는 것일까

자벌레는 얼마를 측량해야
얼마나 오체투지 참회 고행을 해야
우아하게 우화羽化하여
넓은 세상으로 날아갈 수 있을까

* 의태擬態 : 포식자의 눈을 피하고자 주변의 모습으로 자기 몸을 변화시키는 것
* 옴 법칙: 회로에 흐르는 전류는 가해진 전압에 비례하고 저항에 반비례한다는 법칙
* 오체투지: 무릎 꿇고 두 팔꿈치를 땅에 댄 다음 머리가 땅에 닿도록 절하는 불교 큰절예법
* 우화羽化 : 곤충이 유충 또는 유충이나 번데기에서 탈피하여 성충이 되는 일

예쁜 꽃

세상에서
제일 예쁜 꽃
당신과
함께 보는 꽃

세상에서
제일 예쁜 꽃
내 곁에
함께 하는 당신

여명黎明

창가에
하느님으로부터
살금살금
메시지가 도착했다

너에게
멋진 하루를 주노라

* 여명: 희미하게 날이 밝아 오는 빛, 또는 그런 무렵

십리 사탕

치마끈 푸는 소리 들리지 않는
낭만이 사라진 달 없는 달밤
나에게 전위라는 행위는 없다
살살 혀로 달래야 하는
감미로운 애무도 없다
스트레스 씹듯
고드름 깨어 먹듯
온몸의 세포를 꿰뚫는 쾌감으로
와드득 와드득 절정에 찬
질펀한 살들의 마찰음만 있을 뿐

무슨 맛인가 알새 없이
십리를 시작하기도 전
이빨이 부서지도록
다시 하나 와드득
생존을 향한 조급증 속에
입천장 맴돌던 끈적한 소리가
오만가지 생각 중 하나로
낚시에 걸리기라도 하겠지만

세레나데의 달콤한 유혹에서
성숙한 탈출 방법은
질보다 양으로 승부해야 하는
사탕 하나에 놀아날 수 없는
단숨에 깨 먹어야 할 뿐이다

그림자 없는 바람처럼

경사진 냇가에
지조 없는 육신은 흐느적이며
휘휘 늘어지고
흩날려 처량해진다
보일 듯 검은 내 그림자도 무서워
어미 품을 떠난 작은 새처럼
오들오들 떨고만 있어야 했다

새벽달은 물속에서 허우적거리고
발가락 틈새 송사리도
숨죽이고 있는데
노랗게 변한 살점 하나
살랑살랑 떨어져
냇물에 흘러가는 것을 보며

흐르는 물처럼
흐르면 흐르는 대로
벌거벗은 바람처럼
그림자 없는 바람처럼
흔들리면 흔들리는 대로
흔적 없이 살기로 했다

이슬

누군가
잊을 수 없는
가질 수 없는 슬픔에
벌개미취꽃이 되어
차마 말 못 하고
곱게 울다간
눈물 한 방울

호접몽胡蝶夢

청량한 하늘만큼
그리움이 깊어가고
살랑 바람에도 가슴 시린데
난데없이 돌개바람 다가와
마당가를 누비고 다닌다

땅거미 거미줄에 걸려 종종댈 때
매미 머물다 떠난 가지에서
한여름 당당했던 가랑잎 하나
꼬치꼬치 부스러져 흩날리는
낙엽들 틈새로 숨어들고

비실비실 떨어지다
주인 없는 거미줄에 목매달려
대롱대롱 숨 넘어
노랗게 변해가는 은행잎이
노랑나비처럼
뱅뱅 돌며 파닥이고 있다

바람은 댓잎 끝에 바동거리고
계절은 거미줄에 엉켜버려
저장된 시간 없어도
별 한 줌 잡기 어려워도
둥근 달로 주린 가슴 채워본다

윤회輪廻

낙숫물
하나
세월이
하나

물거품
피고 지고

물거품
하나
세상이
하나

서리태의 운명

만추의 언어들이 피어날 때
텃밭에서 품어온 콩 한 포대
포대에서 또르르 구르며
콩알 하나가 비상 탈출한다

인간이 숨으려면
인간들 틈새로 가야 하고
동물은 숲속으로 가야 하는데
깊은 곳도 아닌 보호색도 아닌
탁자 밑으로 쏙 숨어들어
생쥐의 눈처럼 반짝이고 있다

두 가지 색 양면성을 가졌으니
들었다 놨다 버릴까 말까
망설이다 씨앗 망에 담아본다
너의 운명을 인정하기 위해

* 서리태: 껍질은 검은색이지만 속이 파랗다고 하여 속청이라고도
부르는 콩의 종류

멈춰서면 바람이 아니듯

살아있으니
살아가기는 하지만
살아있으니까 살아야 하나
살아야 하니까 살아야 하나
태양은 다시 떠올랐어도
달라진 것이 없다

사람들에게 이해받으며
살아갈 생각은 없지만
나도 나를 모르는데
누가 나를 알아나 줄까
아무것도 갖지 않는
아무것도 가질 것 없는
개념 없는 몸부림으로
길들여진 꼭두각시처럼
조물주가 정한 운명에 따라
이리저리 끌려 다녔을 뿐
살기 위해 몸부림쳤을 뿐
나는 무엇을 하려고
어떤 흔적을 남기려고
엄마의 가슴을 열고 나왔던가

나는 무슨 의미를 가지고
무슨 생각을 가지고
세상을 살아가는 것일까

내가 조금 더 크면
저 별도 잡아낼 거로 생각했는데
나이를 먹는다는 것이
좋은 일만은 아니란 걸
이 세상이 천국도 아니라는 걸
동전 한두 개로 인간의 가치가
결정되는 세상이라는 걸
알게는 되었지만
한 번도 죽어보지 않은 사람이
세상의 참맛을 알기나 할까

살다 보니 살아진 세상에
어차피 미련은 없지만
살다 보니 그렇다 해도
이렇게 삶을 살아왔기에
나 자신을 벌하기 위해서라도
보이지 않는 바람처럼
그림자 없는 바람처럼
삶의 빗장을 열어야 한다
멈춰서면 바람이 아니듯

해미천에서

한 움큼 봄 내음
풋 여인 옷깃에 스며들 때
녹지 못한 눈송이들이
하나둘 가슴에 안겨 온다

나를 위로하듯
꽃눈이 내려
그대 생각 절로 나는데

어느새 화려하더니
어느 순간 사라져 버리는
하얀 꽃잎처럼
바둥대는 노을 따라
울먹이는 물결 따라

꽃으로 남은
그대 모습도
조금씩 사라지고 있다

미망迷妄

마주 앉은 사람
눈을 맞추고
양파껍질처럼
하나하나 벗겨본다

벗길수록 알 수 없는
못 믿을 하얀 속살

보일 듯 잡히지 않는
안개 같은
어차피 당신인 것을
변덕스러운 가슴앓이

* 미망: 사리에 어두워 갈피를 잡지 못하고 헤맴, 또는 그런 상태

나비효과

모기 한 마리 때려잡았다고
파리 한 마리 때려잡았다고
인류를 구원하거나
이 세상을
바로잡은 것은 아니지만
당신의 손짓 하나로
세상이 바뀔 수도 있습니다

붕어빵

고래 꿈을 꾸며
포장마차 안에서 수태되어
무쇠 탈에서 태어나는
비늘도 없고 눈물도 없는
오동통 붕어 한 마리

심장이 식기 전
붕어가 빵이 되는 순간
그것은 숙명일 뿐

우문현답愚問賢答

천 리를 달린 말과
말 등에 붙어
쉬파리가 간 거리는 같고
거미줄의 주인 거미와
그곳에 걸려든 나비는
영혼의 무게가 같다

고래 싸움에 등 터진
새우와 고래는
생명의 가치가 같고
백년 사는 거북이와
하루를 사는 하루살이의
삶의 크기는 같다

재벌과 노숙자에게도
밤과 낮이 있어
하루 길이는 서로 같지만
천당과 극락은 다르며
윤회와 지옥도 다르니
선택은 어떻게 해야 되는가

백발白髮

하얗게
변해버린 하늘
하얗게
변해버린 산야

하얗게
비워놓은 육신
하얗게
비워놓은 침묵

하얗게
갈구하는 자유
하얗게
시작되는 희망

제2부

내가 있거나 말거나

하얀 페인트 하얀 벽
내가 유배된 듯
조그만 창살 틈새로 햇살 가득하고
그림자만이 기다란 작은 방
무수히 사라진 별똥별의 이름이 없듯
창밖 세상은
여기 있는 나의 존재조차 모르고
내가 여기 있거나 말거나
제 맘대로 돌아가고 있는데

도태되지 않고 살아남은 정자 하나
낙태되지 않고 살아남은 인간 하나
나는 왜 이렇게 여기 있어야 하는가
날개 잃은 나는
여기서 무엇을 기다리고 있는가

세상은 지금
보이는 것보다 더 잔인하도록
아름답고 멋진 것만 기억하는데
나는 언제쯤 꽃길을 걸을 수 있을까

나로 인해 세상이
조금이라도 달라질 수 있을까
나에게 남아있는 시간은 얼마일까
어디쯤 왔는지 어디쯤 가고 있는지
채울 수 없는 욕망의 굴레 속
내 영혼 깊은 곳에 뿌리내린 잔상들만
창가에 맴돌고 있다

누구 애달파져 지라고
낙엽이 지는 것은 아니지만
비명 지르지도 못하고
노란 은행잎들이
슬금슬금 떨어지는 해 질 무렵
시계 소리 긴박해지고
갇힌 공간은 지루하지만
미친 듯 숨 막혀 돌아가는 세상을
내 능력으로 창문을 열 수 없으니
겨울잠부터 시작해야 하나보다
살아가다 사라지든
잊혀지며 사라지든

너도 그럴까

살며시 허공에
그대의 이름을 써봅니다
쓰고 또 쓰고
지우고 또 지우고
눈을 떠도
눈을 감아도
날이 새도록 거기엔
그대의
모습뿐이었습니다

머물지 않는 바람처럼

휘영청 달 밝은 밤이면
인간이 만든 껍질을 벗어버리고
태어난 본모습으로
쏟아지는 달빛 속으로
강아지처럼 달려가고 싶다
세상은 이렇게 아름다운데
눈물이 날 정도로 아름다운데
무작정 손짓 발짓 휘두르고
허둥대며 소리 지르고 싶다
눈물 콧물 흘리며 노래하고 싶다
뒹굴며 몸부림도 치고 싶다
한 곳에 머물지 않는 바람처럼
채워지지 않는 갈증 찾아
절제된 모습에서
한 번쯤은 일탈하고 싶다
이런 것이 본래 나였던 것처럼

수구초심首丘初心

또래 은행나무가 지키는
할아버지의 할아버지부터 사시던
고향 집을 찾아오니
나를 알아보는 사람 없어도
고향산천 변함없건만
본가는 허물어지고 기울어
틈새로 하늘마저 보이고
을씨년스런 대나무는 바깥마당에서
칡뿌리는 안마당까지 차지했다

주인이 된 고양이 튀어 나대고
처마 끝엔 제비들이 문패를 달고
반겨 노래하는 걸 보니
어릴 적 보던 그 후손들인가 보다

폐가 마루에 홀로 앉아
안방 건넛방 사랑방
옹기종기 오순도순 소곤소곤
정겹던 소리가
애틋하게 다가서면

그 시절로 돌아가지 못한
고향 집조차 관리하지 못한
허물투성이 내 삶에
주름진 얼굴에 얼룩이 진다

나를 알아볼 사람 모두 떠나고
둥지가 사라진다 해도
내가 살아 있는 한
고향은 가슴에 항상 피어날지니

물맴이

빙글빙글 뱅글뱅글
하늘을 보고 땅을 보며
잔물결에 그어진 선을 따라
빌고 빌며 돌고 도는 파동
물도리 물무당 한 마리

거칠게 살아온 내 삶처럼
석양이 물에 스며들고
눈조차 껌뻑일 수 없어
돌다 보니 어지러워 도는가

돌아가기는 동그랗게
네가 돌아가고 있는데
어지러운 세상을 만난
나 자신이 돌아가는 듯
어질어질 흔들리고 있다

가을 하늘

코스모스 얼비친
잔잔한 심경心境

건드리면
주르륵 쏟아질 듯
쪼르르 빠져들 듯

보시시
볼웃음 머금은
너의 눈을 닮았다

싸리문

부지런해야 복이 들어온다며
싸리문이라도 일찍 열어놓아야 한다는
사랑방 할아버지의 헛기침 소리에 놀라
마루와 토방을 거쳐 싸리문으로 튀어간다

대나무와 싸릿대로 엮어 만든 싸리문을
바지게 작대기로 걸쳐놓은 것이
있으나 마나 자물쇠고 대문이지만
싸리문을 한쪽으로 밀쳐놓으면 된다

수탉이 꼼지락대고
새벽달은 거슴츠레 반쯤 눈을 뜨니
어슬어슬 대숲이 무서워져
6남매가 함께 덮고 자는 큰 이불 밑
아랫목으로 재빨리 숨어든다

아파트 번호 키에 빗장을 걸고
마음마저 잠그고 살다 보니
부지런해야 복이 들어온다는
할아버지의 헛기침 소리가
지금도 들리는 듯하다

경로우대증

오늘과 오늘 사이에
잊음과 잃음을 모르며
있음과 없음을 모르며
바람과 버림을 모르며
하나 둘
이별에 익숙해지는
이별연습 면허증

혼자만 남겨지는
외로움 속
몸은 제자리 있어도
마음은 뛰고 날으는
유체이탈 자격증

몽당 빗자루

마당 쓸다 잿간으로 퇴역한
할아버지 쓰시던
대나무 몽당 빗자루
할아버지 몰래 들고 나가
쥐불놀이로 뱅뱅 돌린다

대보름날 쥐불 깡통이 되어
논두렁 밭두렁 태우며
시름 태워내던 액땜 빗자루
큰 마당 대보름 놀이가
안경 너머 그리움으로 피어난다

거울에는

산모퉁이 대숲 돌아서면
숨은 듯 콩밭에서
굽은 허리로 반겨주시며
고추장 범벅 비빔국수를
양재기 가득
곱빼기로 주시던 어머니

시커멓게 찌든 손때 손맛
내 생애 한 번이라도
그런 엄마 국수
다시 먹을 수는 없을까

텅 빈 마루 끝
흐릿한 거울에는
어머니 닮은 얼굴이
멀거니 나를 바라보고 있다

종심從心

노을이나 가을은
그냥 아름다워서 좋고
빛깔이 조금은 슬퍼서 좋다

노을에 젖은 가을이나
가을에 젖은 노을은
노을이 가을 같고
가을이 노을 같은 것

성숙한 삶의 경계에 서니
하루하루 하나하나가
바라볼 수 있음만으로 신비롭다

개심사開心寺

꽃잎 사이 벌 나비
마음을 여는
하얀 웃음소리

살며시 어우러지는
잔잔한 불경 소리
세상이 편안해진다

바람이 피어나고
갈 길도 새로워지니
다시 찾는 개심사

서광사에서

옥녀봉에서 내려서자
갑자기 눈앞이 환해진다

샛길이 대로처럼
시원하게 보임은
최치원 숨결이 흐르던
서광사이기 때문이리라

인적 드문 산사 길에
덧없는 발자국
나는 무엇을 찾아
여기에 오게 되었을까

옥녀를 아우르는
위엄찬 부춘 산자락을 돌아
여기 서광사에 오면
대웅전 풍경소리
고요하게 울리는 예불 소리
내 존재마저 모든 것
용서하시고 비워주신다는

부처님 미소
두 손 모으지 않아도
한 번 바라본 것만으로도
속세의 번뇌 사라지나니

나도 몰래 향하는 발길을
잡을 수는 없었나 보다

백로

순백의 모습 어울리지 않게
섬뜩 내 얼굴이
낮달 그림자에 겹쳐 보여도
내가 붙들고 있는
현실에 대한 아집은
돌아설 수 없는 물길을
그냥 바라보고 있어야 합니다

무슨 일이 있어도
무엇이 없어도
무작정 바라보아야 합니다
그리고 기다려야 합니다
다른 세상 물의 세계
거기에 제 삶이 있고
그래야 제가 살 수 있기 때문입니다

여울물은 흐릿흐릿
똑바로 볼 수 없기에
목을 길게 늘여
조용히 기다려야 합니다

기다림이 성공했을 때엔
감사한 마음으로
하늘을 보아야 합니다
그제야 하늘을 보는 겁니다

다시 한번 하늘을 보기 위해
바보처럼 오직 한 곳
지금도 두 다리를 감싸 안은
다른 세계를 내려다보며
숨죽여 기다리고 있습니다

밥상머리 교육

무릎 위에 떨어진 밥풀 하나
누가 볼세라 잽싸게 주워 먹는다
어릴 적 밥상머리에서
밥풀 하나의 정성과 귀함을 모른다며
흘려진 밥풀을 주워 먹으라 하시던
할아버지 말씀에 습관이 되어
종심從心이 되도록
이렇게 주워 먹고 있는 것이다

그걸 왜 주워 먹느냐는
주변의 눈총 속에서도
자식들에게
주워 먹으란 말 못하는
아비인 나 자신만 씁쓸해진다

개떡 같은

개떡 앞에서
개떡이라고 개떡
개떡 맛이라고 개떡
개떡 같다고 개떡
개떡을 가까이해도
개떡이 되는 건 아닌데
개떡보다 못하다고 개떡
개떡보다 낫다고 개떡
개떡처럼 살아가며
개떡이라 말 못 하는
개떡 같은 인간
개떡 같은 세상

제3부

화양연화花樣年華

내가 살아 있음을 확인하고
내 인생만은 다를 거로 생각하며
죽지 않을 것처럼 살았지만
누군가가 나를 기억해주지 않으면
살았던 흔적조차 남기지 못해
세상에 나는
존재하지 않았던 것이 되겠지

꿈이 현실이고
현실이 꿈이라면 좋으련만
욕심에서 기회를 잡지 못하고
본모습이 인간임을 잊은 채
세월만 보낸 거였던가

하루를 살아내는 기술로
잃을 것 버릴 것 없어져
세상이 덜 무서워질 때
소박한 나의 꿈은
나를 잃지 않고 조금이라도 더
나인 채로 살고 싶었고
나대로 살기를 갈망하였는데

나답지 않을 때가 있었구나

언제는 나였고
언제는 내가 아니었던가
내가 가는 이 길이 내 길이고
그대로 나 자신이면 족한데
내 이름으로 피어날 최상을 향해
이대로 떠날 수 없는
이 세상은 내가 주인공인 것을

살아갈 날이
나에겐 얼마나 남아있을까
남은 시간이 얼마나 될까
하지만 그보다 중요한 것은
아직 내가 살아있다는 것
살아가야 할 이유는
살아있는 것만으로 충분하다

그다음은
그다음의 문제일 뿐

누이 생각

게슴츠레 초승달
후미진 담장
슬그머니 넘겨보는데

앙금 맞은 이 밤
철 지난 박꽃 하나
하얗게 질린 얼굴로
누굴 기다리는 걸까

낙엽에 쫓기어
계절이 멀어지고
손끝 시려지는데

감나무

잔바람 가슴 조이며
으스스 별 무리
흐느적이는 밤

불그스레
등 하나 들고
고운 임 기다린다

한 번 살아본 것처럼

울타리 밖 세상을 몰라도
멀쩡하게 잘 살아가고 있는데
천하의 내가 그깟 일로 고심하고
다가서지 못하면서
주위를 빙빙 돌고 있어야 하나
돌아서서 좋은 감정 있음을 알려야
목석같은 너의 반응도 볼 것 아닌가

성숙한 계절의 밤은 길기만 한데
가위에 눌린 듯
바람과 대화하듯
꿈속까지 보이는 것인가
유별난 설렘의 길목에서
어딘가 숨어있던 작은 불씨마저
눈짓 하나에 주저앉다니

가슴의 천둥소리는
너를 향한 소리였나 보다
소소한 우리 관계
간지러운 곳 긁을 수 없는 고통은

인연을 찾는 아모르파티였든가
나는 너를 만나기 위해
지금까지 살아왔던 것인가

그렇다면 이제
나는 행복해질 수 있겠구나
언젠가 한 번 살아본 것처럼

동갑내기 부부

전깃불 가스불 끄지 않았다고
아파트 현관문을 나서다가
다시 뛰어 들어가곤 하더니
승용차 키가 없다고 다시 들어간다
마트에서는 지갑이 없다 찾고
핸드폰은 몇 번을 찾아
시내를 헤맸는지 모른다
하루하루 하나하나
빈틈없이 살던 사람인데
저러다 집도 못 찾고
남편을 잃어버리지는 않을까
물끄러미 뒷모습을 바라보다가

심장의 열기가 식어가는
나 또한 저러할지니
동갑내기 마나님을
내가 잃어버리는 것은 아닐까
안타까운 정이
새록새록 살아난다

꼴뚜기가 아닌 이유

꼴뚜기가
생선 망신이라지만

로켓이 우릴 닮고
외계인이
우릴 닮지 않았나요

육갑 꼴값 한다고 하지만
미래의 전사다운
최첨단 형상 아닌가요

입술 같은 단풍잎

여인의 입술 같이
곱게 연지 바른
단풍잎 하나
살며시 안겨들더니

골바람에 놀란 단풍잎들
나뭇잎들 사이로 숨어들다
서로서로 할 얘기 많은지
와글와글 내게로 달려든다

입술 같은
단풍잎 하나하나에
사연 하나하나
입술에 묻혀 몽환에 빠진다

점쟁이

꼬질꼬질 빛바랜 책 한 권
쓰러질 듯 조그만 책상 하나
코안경 걸친 할아버지
지그시 눈을 감고
오가는 행인에게 웃어주고 있다
그들의 삶을 알기나 하는 듯
네가 네 인생을 아느냐는 듯

별들이 윤슬처럼

검푸른 바다 파도를 타고
안개꽃처럼 다가온 사념이
까치 날아간 은행나무 위에서
바람과 함께 사납게 으르렁 댄다

별은 처음부터 멀리 있어
내가 돌아서면 그만이고
날 밝으면 저절로 사라질 텐데
무슨 의미로 별들은
밤새 저토록 반짝이는 걸까

내 짧은 생애로 수억 년 살아온 별과
감히 눈높이를 맞추고
저 별은 언제 어떻게 생겼을까
내가 보는 별을 누가 보고 있을까
내가 보던 별을 누가 보게 될까
저 별은 언제까지 저기 있을까
나는 저 별을 언제까지 볼 수 있을까
저 별 뒤에는 무엇이 있을까

심연의 어두운 밤
별들이 윤슬처럼 함께하니
세상 사는 것이 얼마나 좋은가
이렇게 바람이 느껴지고
풀 향기 물 내음 피어나고
저 별은 나의 별 저 별도 나의 별
별 하나 나 하나 별 하나 나 하나
내가 바라면 내 것이 되는
빛을 품은 어둠이 있으니
내가 감당 못 하는 무게도
그것은 영혼을 밝혀줄 한 줄기 빛
무엇과 바꿀 수 없는 희열이 된다

살아있음은

살아있음은 아픔이다
살아간다는 것은
먹을 것 없으면 사라지는 불꽃처럼
살아있는 생명체를 먹어야 하기에
살아간다는 것은 위선이다

사소한 것도 존재 이유가 있고
어떤 것이든 살아갈 가치가 있는데
하늘을 대신해 목숨을 빼앗아
남의 생명을 자양분으로 살아가야 하는
자연의 법칙에 충실한 인간을
다른 동물보다 위대하다 할 것인가

살기 위해서라 해도
삶 자체가 위선이라 해도
인간에게 잘못이 있다면
그것은
신의 잘못이라 해야 하겠시
즐기기 위해
다른 생명 탐하지 말고

만물의 영장답게
비겁하지 않게
우아하게 먹으며 상생하자

소다 빵

헛간 앞에 꼬마
어둠을 닮은 빵 하나 들고
돼지와 마주 보고 있다

돼지 발등 같이 까만 손
시큼한 냄새로 버무린
소다 빵 한 조각

누런 콧물 발라서
볼 퉁처럼 부풀어 오른
봄 내음 한 조각

반딧불

어디로 가야 하나
갈 길 잃어
허전한 가슴에
귀린처럼
유성처럼
한 줄기 빛으로
살며시 다가서는
노란 꽃잎 하나

주酒님과 함께

오늘 밤 끝장 보자고
맥주로 한판 붙어
여기저기 유리잔 깨지듯
살벌한 의리의 건배 현장

솜사탕 음악을 길잡이로
몽롱한 불빛이 별이 되는 밤
횡설수설 감성을 비비고 비벼
소맥으로 만나기도 한다

주酒님 안에서
손님들 행복해지는 것이
가장 큰 기쁨이라는
손 큰 쥔장의 넋두리 속

사서삼경 사돈에 팔촌을 안주로
잔을 비워도 마음을 비워도
사랑이 채워지는
낭만적 매력의 전쟁터

인연

장터 가득 수박 앞에서
꼬마 녀석 꿀밤 주듯
노크를 했다

메아리처럼
통통 답이 왔다

그래도 믿지 못해
삼각형 창문 열고
속살 들여다본다

나의 발자국今日我行跡

찾는 사람 없어
길이 아닌 길
발길 끊겨 사라진 길
연장을 들고 나선다

우거진 숲 사이
짐승 발자국 틈새로
내 발자국 몇 개 얹으니
누군가는 필요할
길이 생겼다

길이 되었다

* 금일아행적今日我行跡 : 서산대사의 '답설야중거' 중에서

넋두리

내가 좋아하는 사람과
사랑하며 부대끼며
함께 살아가면 안 되는 걸까

다시 만날 수 있을까
죽으면 그만인데
영혼도 사라지고
육체도 사라지고
아무것도 없는 끝인데

어디서 만날 수 있을까
언제 돌아올 수 있을까
미래나 내세는 있는 것일까
윤회나 천당 믿을 수 있을까

그럴 수도 있다면
누군가는 거짓말이겠지
지켜지지 않는 약속
믿어주지 않는 진실은
아무런 가치가 없음이니

제4부

달빛 소나타

그림자 사라지는 밤이면
마나님의 콧소리는
천하무적 만능 악기가 된다

들어보지 못했던
생각하지 못했던
독주곡 변주곡
아파트가 무너질 듯
공포의 층간 소음도
사랑만큼 감내해야 하는
고정된 음악 채널

달라지는 표정
변하는 소리에 따라
하루 길이가 달라진다

이름을 준다는 것

상대에게 이름을 준다는 건
그것은 존재에 대한 책임
서로에게 이름을 준다는 건
그것은 인연에 대한 책임

나는 너를 어떻게 부르고 있나
너는 나를 어떻게 생각하고 있나
이름을 헛되게 할 수 없는
이름에 걸맞게 살아왔던가

네가 나를 지켜봄에
내가 나를 지켜봄에
허울이 하나씩 벗겨지고 있다

아내에게

늑대가 천사를 만나
당신의 사랑만 받으며
천년만년 살아갈 듯
당신만 바라보며 살아왔는데
당신이 몸져누워버리면
나는 어찌해야 하나요
나 혼자 어떻게 살아야 하나요

건강할 때는 몰랐었는데
내가 아파보니
내가 아픈 것은
내가 아픈 것이고
당신이 아픈 것은
내가 아팠을 때보다
내가 더 아프다는 걸
세상 무너지는 아픔을
홀로 삼켜야 한다는 걸
알게 되었지요

이젠 아프지 말아요
내가 당신을
마음 놓고 사랑할 수 있도록
보답할 기회를 주세요
두 손을 서로 꼭 잡고
남은 삶이 멋지도록
우리 조금만 더 사랑해요

나를 사랑한 모기

생사의 위험도 모르고
비상 사이렌 날리며
손등에 착륙한 모기 한 마리
손짓 한 번에 피를 토한다

고래도 죽으면 새우만 못하고
재상도 죽으면 강아지만 못한데
낚시에 걸려든 망둥이처럼
목숨 건 도박을 했을까

별 볼 일 없는 이 몸을
값어치 있게 봐주고
나를 사랑하는 것은 고맙지만
허락 없이 내가 손해 보는 것은
용서할 수 없는 것

나비

과거를 묻지 마세요
이처럼 아름다우면 되잖아요
과거를 묻지 마세요
이렇게 우아하면 되지 않나요

세월이 벌려놓은
추억의 간격은 잊어주세요
하늘의 조화와 상관없이
사락사락 날고만 싶거든요

꽃 찾아 향기 찾아가는
저와 함께 가실까요
꽃길만 걷게 될 거예요
당신도
예쁜 꽃이 될 겁니다

단독 콘서트

계슴츠레 더벅머리로
텅 빈 뒷방에서
순간 발작 콘서트를 한다
들어주고 보는 사람 없이
코드 없는 기타를 메고
손발 닿는 것은 타악기가 되어
돈豚 선생처럼 노래 부른다
내가 가수고
연주자이고 관객이니
혼자만 흥에 겨운
엉망진창 뒷방 단독 콘서트

귀한 아들
음악성을 몰라주고
측정 불가 데시벨로 하달하는
야속한 어머니의
항거불능 긴급명령에
악성중독 식선
비상 제동 걸리고 말았지만

희망사항

두 손에 잡힐 듯
달 밝은 밤이 오면
달나라에 찾아가
토끼 궁둥이 토닥여주며
계수나무로 집을 짓고
절굿공이 빌려
떡방아도 찧어보고
토끼를 구슬려
용왕을 만나러 가고 싶다

연서戀書

가을 닮은 어깨에
어렵게 매달려있던

입술 같은
빨간 단풍잎 하나

바람에 날려
내게로 배달된다

내용은
단 한 마디……?

신세계

지붕 위에 하얗게
별빛 쌓이는 소리
들어보셨나요

살며시
눈 감아보세요
눈 뜨고 있을 때
보아도 보지 못했던
들어도 듣지 못했던
많은 것을 알게 되지요

하늘이 열린 듯
눈부신 세상
새로운 세상이 보이지요

까치밥

반가운 손님 오시려나
까치 소리에 창문을 여니
꼭지만 남은 계절은
스토커 같은 인연으로
배꼽처럼 보채고
마지막 남은 감 하나
가지 끝에 설렌다

유턴하고 싶다

교차로 신호등 앞에서
빨간 등이면 서세요
노란 등에도 서세요
파란 등에는 가시고
화살표에서 좌회전 하세요

하지만 우리 인생
앞으로 갈 수는 있지만
잠시 멈추거나 쉬거나
연습이나 좌회전 우회전
유턴도 할 수 없지요

e-세계

블랙홀처럼 스마트폰은
전화 영화 사전 모두 잡아먹어
살며시 가슴만 건드려도
그대로 토해내는 화이트홀이다

미지의 세계가 손가락 하나로
생겨나고 키워지고 지워지고
만물이 죽고 살고 조절되니
나는 e-세계의 절대자

오늘도 웜홀 입구를 지키며
남녀 구분 암수 필요 없는
무한의 우주를 다스리며
폰에 살고 폰에 죽는다

용천폭포

물을 떠나
물이 될 수 없는
이슬 하나
물방울 하나둘

물방울 물에 빠지듯
물줄기 물에 빠지듯
물이 모여 물이 되고
물이 있어 물이 되는
아늑한 용현계곡에

문다리미 이 빠진 틈새
석문봉과 백암사
맑은 물이 서로 만나
언제나 천둥소리 용천폭포

* 용천폭포: 서산시 운산면 용현계곡 소재 폭포
* 문다리미: 가야산의 석문봉

꽃의 꽃

꽃 앞에 서 있는 당신

당신은

이미 꽃이 되었습니다

당신 곁에 있으니

나 또한

핑크렌즈

수줍어
말 못 하는
뜨거운 가슴을
차 한 잔에 담아
그대에게 보내면
그대는
달게 마실까
쓰게 마실까

설렘에 나는
겸연하기만 한데

제5부

우리 아버지

최전방 38선
모두 잠든 이른 새벽
따발총 소리 대포 소리
달려오는 탱크 굉음에
얼마나 놀라셨나요

총열 과열로
실탄이 나가지질 않아
총대 잡고 울부짖으시고
미아리 재집결 당시에는
중대원 한 명도 못 만나셨다니
얼마나 애통하셨나요

미아리 전투에서
앞니 모두 잃으시고
지리산 작전에서는
왼쪽 손가락들을 잃으시고도
전쟁을 마무리하시며
어깨 가득 갈매기 계급장으로
자랑스레 귀향하신
특무상사 우리 아버지

동료 상이용사들이
떼거지가 된 것을
안타까워하시다가도
북침했다는 자들은 빨갱이라며
분을 참지 못하시던
잊혀가는 작은 영웅
우리 아버지

5형제 중 맏형으로서
할아버지 대신 만주로
강제 노역을 갔다 오시고
6남매를 지극정성 기르시며
대종가 전통도 이으시고
신체 이상으로
멸시와 굴욕 속에서도
꿋꿋하게 살아오시며
그렇게 평생을
나라만 생각하시다 돌아가신
우리 아버지

아버지의 큰 뜻을
가슴에 품고 살면서
부끄럽지 않은 자식 되고자
종심을 마주하고 있습니다

사우나에서

뜨거운 열기가
태초 상태를 휘감아 도는 곳
침묵이 두려워진다
오천만이 산다는 이 넓은 땅에
조그만 방에 앉아있을 뿐인데
이슬 같은 고뇌가
온몸에 살며시 내려앉는다
나라는 인간은 도대체 무엇을 하려고
이 세상에 태어난 것인가
이 세상은 나에게
어떤 기회를 주었는가
모순과 모순이 공존하는
세상의 괴리 안에
나의 모순도 그렇게 던져졌다

모래시계를 돌려 논다
조용히 눈을 감자
전전히 암흑의 세계가 찾아온다
단지 눈을 감았을 뿐인데
세상이 모두 사라졌다

상상 속 나와
현실 속 나 자신을 위해
지난 흔적 미래 세상을 찾아
눈을 감고 찾아간 곳은
시간의 어두운 비밀 속
스스로 생각에 갇혔던
내가 나로서 살아본 세상
내가 나로서 살아야 할 삶
보이거나 보이지 않거나
세상은 내 것처럼
나를 중심으로 돌아가고 있다

긴박한 열기구 내음 속
모래 흐르는 소리가
바위 구르는 소리 되어
깜짝 놀라 눈 떠보니
온몸은 땀에 젖어
내가 살았음을 알리는 환희
눈을 뜨고 감음으로
세상이 피고 진다
커다란 선물 받은 것처럼
내가 또 살아남았구나
깨어보니 이것이 나였구나

내가 여기에 있었구나

현실은 아주 작았지만
내면의 세계는 거대했다
기억이 많다는 것은
할 일이 많다는 것은
세상과 나를 붙들어 놓는 굴레
내가 살아가며 찾아야 할 숙제
내 삶은 내 욕심에서 시작되기에
내 삶을 관조하며
내가 나답게 살기 위한
내가 책임져야 할
그것 역시 오로지 나일뿐인 것이다
내가 나로서 살아온 것은
내가 나로서 살아간다는 것은
살아있음 그 자체로
내 인생 최고의
행복이고 행운인 것을

어쩌면 내일
내가 이 세상에 없을지라도
다음 생애 역시
나는 나로 다시 태어났으면

맛의 통일

커피숍에서 커피 주문은
나는 아메리카노 나는 라떼
사무실에서 커피 주문은
나는 블랙 나는 설탕 조금
커피 한 잔에도 개성 남발하지만

정수기 앞에서 커피 주문은
언제나 커피믹스
어디서 누구라도 맛의 통일

만물상 베란다

베란다는 만물상이다
석부작 제라늄 다육이 등등
30년 정성이 가득 찬
나보다 더 사랑받는
마나님만의 작은 공간

주인보다 청청한
만물상에 꽃이 피어나면
빨리 와보라는 긴급명령 때만
볼 수 있었던 치외법권 지역
마나님은 저 정원에서
내가 미운 만큼 정성을 주고
넋두리로 마음 달래며
함께 웃고 울고 했겠지

마나님의 장기 출타로
베란다에 대신 들어서니
나에 내해 쏘개질 했나
꽃들이 낯가림이 심하다

그런다고 삐져 내버려두면
역으로 일러바칠지 모르니
영양제도 듬뿍 물도 흠뻑
달래고 아울러 이 기회에
내 편으로 만들어야 하겠다

아버지의 커피

창가에 오손도손 별빛 가득할 때
커피를 향한 아버지의 탁자에서
커피는 큰 수저로 한 숟가락
끓인 물은 대접에 하나 가득
수저로 잘 저으신
대접을 통째로 들고
숭늉 마시듯 커피를 마시던 아버지

커피를 알고 커피를 사랑해야
커피를 마실 자격이 있는 것이지
나만큼 자격 있는 사람 없겠지 하시며
하루에 몇 번씩
고기보다 커피를 사랑하시던 아버지

날이 갈수록
아버지의 커피잔이
조마조마 흔들리고 있어
나를 긴장시키고 있다

개구리 지옥

빠지면 못 나온다
죽어도 못 나온다

인간만이 남겨지도록
인간이 만들어 놓은
먹이사슬 허리를 자른
만리장성 배수로

옥수수

고만고만하게
촘촘한 녀석들
감자탕 살 발라내듯
손쉽게 먹을 수 없어
하모니카 부는 자세에서
앞니로 확 당겼더니
와사삭
이빨이 쏟아지듯
옥수수 알갱이
우수수 쏟아진다

평등의 원칙

잘나고 똑똑한 사람일수록
자기만은
절대 죽지 않을 거라는
신념 가득 살아가지만
자신감 자존심 그들도
여기 함께 누워있지요

금수저 흙수저
삶의 크기
살아온 과정은 달라도
꽃가마로 오거나
구들장을 다녀오거나
여기에 오면
어디로 갔는가에 대해서는
확인조차 없이
무조건 평등해진다는 것을
모른 채

거울 앞에서

어디를 보아도
당신이 최고입니다

앞을 향해
도전하세요

당신은
빛이 될 것입니다

코로나

격변의 코로나로 인하여
거리 두기의 거리 두기로
텅 빈 상가들 틈새엔
진한 아픔들만 스며드는데
마스크는 예의고 예방이며
외로움 속 자신감도 되겠지만
마스크를 쓰니 인물의 평준화
입을 막으니 언어의 순화
주먹으로 인사하니 건강한 신체
생활반경 줄이니 인간 평등
경제활동 자제 되니 빈부격차 해소
가택 연금되니 가화만사성이다

너에게

꽃은 꽃으로서
꽃이 꽃으로서
꽃일 때가 꽃이지
꽃이 꽃에 불과하거나
꽃이 꽃도 아니라면
꽃을 꽃이라 해도
꽃은 꽃이라 해도
꽃은 버려지는 것

호박처럼

신작로가 하늘대는 코스모스
초가을 바람은 차갑고 외롭다
가로수에 찢기며
바람이 비명을 질러댄다
죽은 허수아비도
살아있는 참새를 쫓아내는데
허수아비만도 못한 나는
굼벵이처럼 살고 있었나 보다
어차피 밑바닥에 살고 있으니
바닥을 기어가는 호박처럼
둥글게 살아가자
세상살이 춥고 허전해도
다시 일어설 수 있다면
반짝이는 시간 찾아올 테니

이제부터

어여쁜 꽃잎도
아름다운 낙엽도
계절 바뀌면 밑거름이 되고
잘난 얼굴도 세월이 가면
한 줌 흙으로 변하고 마는데
저마다 미친 듯이
제 맘대로 살아가는 인간
제멋대로 돌아가는 세상

어제의 꽃이
오늘도 꽃이 아니듯
세상만사 헛된 일인 것을

주지도 못해본
받지도 못해본 처절한 삶
나는 어떤 사람이기에
내 인생의 이력서에
니를 애달프다 썼을까

면목 없어 바라보지 못했던
하늘을 이제야 바라본다
집착에서 벗어나
목이 아프도록
하늘을 보았으니
더 바랄 것이 무엇이랴

이제부터라도
찬란했으면 하는 처연한 바람
가슴이 뜨거워진다
하늘엔 구름이 그림 그리고
바람은 살아있음을 알리니
아직 살아갈 이유는 있는 것일까
제정신 가지고 살기 힘든 세상
제정신 가지고 사는 사람
세상 어디 있을까 마는
나도 한번 미친 듯 살아볼까

수박

둥그스름히
파랗기만 하기에
만만하게 보았으니
숨겨진
그 시뻘건 속을
어찌 알 수 있을까요

하늘로 가는 길

허리띠 졸라매어
에스라인이 된
허기진 수없는 개미들
난민같이 줄을 이어 간다

따라 가본다
비포장 돌 틈새를 지나
풀포기 민들레를 지나
가로수에 오른다
개미는 하늘로 향하고
나도 하늘을 본다

나는 오늘
하늘을 보았다

홍시

불꽃 흐르듯
유성이 지는 밤
감나무 꼭대기엔
별들이 매달려
안개꽃으로 피어나고
홍시 끝에 스며든 별빛은
호롱불 되어
누군가를 기다리고 있다

당신을 위해 별들에게
다가설 수 없겠지만
내 맘 담은 홍시는
당신에게 따다 줄 수 있지요

홍시처럼
설레는 가슴
달아오른 얼굴로

아쉬움

그 사람이
앉았다간 자리를
물끄러미 바라다본다

그 앞에 마주 앉아있던
낯익은 사람을
살며시 들여다본다

있을 때 보다
떠난 뒤 선명해지는
알 수 없는 심연

일상에 흔적 없든
이유가 있었음이
빈자리 여운으로 남으니

자아 인식과 삶의 지향적 시적 진실
-전승진 시집『자벌레의 오체투지』

김송배
(시인, 한국문인협회 자문위원)

1. '나'의 존재를 이해하는 삶의 현장

우리들이 자아(自我)를 인식하고 삶의 지표를 정립하는 일은 곧 존재를 이해하면서 성찰하고 다시 미래지향의 가치관을 탐색하는 인생 노정(路程)에서 다양한 상황에 대한 문제점들이 생성하게 되는데 우리 시인들은 이를 자신의 지적인 상상을 통해서 나름대로의 해법을 제시하는 특성을 지니고 있다.

이러한 살아가는 지향점에서 획득한 인생론이나 존재의 의미를 작품으로 형상화하는 일은 시인들만이 활용할 수 있는 환상적인 삶의 한 방식이 아닐 수 없을 것이다. 누구나 생존에 대한 열망과 애착이 있다. 거기에서 체득(體得)한 희로애락(喜怒哀樂)의 여운은 생생하게 재생되고 이를 기본으로 하여 시적인 이미지가 생성되어 한 편의 작품으로 창조되는 것이다.

여기 전승진의 시집 『자벌레의 오체투지』의 작품들을 일별하면서 이와 같은 담론을 먼저 떠올리는 것은 그가 추구하고 탐색하는 화두(話頭)가 바로 그의 인생의 애환에서 적시하는 다채로운 상황들이 아직도 명징(明澄)한 존재의식과 접목하지 못하는 삶의 단면을 읽을 수 있기 때문이다.

이처럼 그는 '나'라는 주체를 설정하고 '내가 살아 있음을 확인하고 / 내 인생만은 다를 거로 생각하며 / 죽지 않을 것처럼 살았지만 / 누군가가 나를 기억해주지 않으면 / 살았던 흔적조차 남기지 못해 / 세상에 나는 / 존재하지 않았던 것이 되겠지(「화양연화」 중에서)'라는 어조에서 알 수 있듯이 그는 생명과 존재의 확인을 통해서 진정한 '나'를 인식하고자 그의 혜안을 확대하고 있는 것이다.

하루를 살아내는 기술로
잃을 것 버릴 것 없어져
세상이 덜 무서워질 때
소박한 나의 꿈은
나를 잃지 않고 조금이라도 더
나인 채로 살고 싶었고
나대로 살기를 갈망하였는데
나답지 않을 때가 있었구나
-중략-

살아갈 날이
나에겐 얼마나 남아있을까
남은 시간이 얼마나 될까
하지만 그보다 중요한 것은
아직 내가 살아있다는 것
살아가야 할 이유는
살아있는 것만으로 충분하다

-「화양연화」 중에서

그렇다. 전승진 시인은 '나'를 추구하거나 탐색하는 심저(心底)가 적나라하게 현현되고 있는데 '하루를 살아내는 기술로 / 잃을 것 버릴 것 없어져 / 세상이 덜 무서워질 때'라는 성찰의 현장에서 그의 소박한 소망은 '나를 잃지 않고 조금이라도 더 / 나인 채로 살고 싶었고 / 나대로 살기를 갈망하였는데 / 나답지 않을 때가 있었'다는 소회(素懷)를 통해서 자아를 인식하고 있는 것이다.

그는 다시 '나'는 나의 중심에서 사유(思惟)하는 인생과 그 존재의 진실은 무엇인가를 자신의 철학으로 확립하고 있다. 그는 '언제는 나였고 / 언제는 내가 아니었던가 / 내가 가는 이 길이 내 길이고 / 그내로 나 사신이면 족'하다는 어소로 안분지족(安分知足)의 안온한 심연(深淵)에 흡인하고 있는 것이다.

이제는 마지막 결론에서 적시한 바와 같이 '살아가야 할 이유는 / 살아있는 것만으로 충분하다'는 그의 진정한 내심(內心)은 바로 그가 평소에 의문으로 남아있던 '살아갈 날'의 시간성이 그의 뇌리에서 말끔하게 지워지는 시적상황은 그가 그간에 축적한 인내와 지향의 삶이 '나'를 변환시키고 있음을 이해하게 한다.

상상 속 나와
현실 속 나 자신을 위해
지난 흔적 미래 세상을 찾아
눈을 감고 찾아간 곳은
시간의 어두운 비밀 속
스스로 생각에 갇혔던
내가 나로서 살아본 세상
내가 나로서 살아야 할 삶
보이거나 보이지 않거나
세상은 내 것처럼
나를 중심으로 돌아가고 있다

-「사우나에서」 중에서

전승진 시인은 다시 그가 즐겨 찾는 사우나에서도 이처럼 '나'에 대한 사유를 멈추지 않는다. 그는 실재의 현실과 관념의 정신적인 상상의 '나'와의 비교 탐구를 위해서 '시간의 어두운 비밀 속'을 헤매고 있었으나 지금은 과거('내가 나로서 살아본 세상')에서 현재('내가 나로서 살아야 할 삶')로 인식이 전환하는 중대한 심리적인 변화를 감지(感知)하면서 '세상은 내 것처럼 / 나를 중심으로 돌아가고 있다'는 단정적인 결론을 적시하고 있어서 우리들의 공감을 유로(流露)하고 있는 것이다.

그는 '내 삶은 내 욕심에서 시작되기에 / 내 삶을 관조하며 / 내가 나답게 살기 위한 / 내가 책임져야 할 / 그것 역시 오로지 나일뿐'이라는 그가 삶에서 감응(感應)한 숙제가 '내 인생 최고의 /행복이고 행운'이라는 인생의 궁극적인 지표를 확고하게 정립하고 있는 것이다.

이밖에도 작품「나의 발자국」「이름을 준다는 것」「서광사에서」「물맴이」「내가 있거나 말거나」등에서 그가 시적 소재로 천착한 '나'에 대한 탐구는 지속적으로 이루어지고 있어서 그의 내면에 잠재한 자아와 존재의 인식과 성찰의 감도(感度)를 공감하게 하는 흡인력을 발양하고 있는 것이다.

2. 삶에 대한 의문형과 해법의 양상

전승진 시인은 지금까지 '나'에 대한 집중적 탐구에서 다시 재인식하게 된 중요한 시점은 삶에 대한 의문을 풀어나가는 시법(詩法)이라고 할 수 있을 것이다. 그는 이러한 미지(未知)의 생(生)에 대한 해법 찾기에 골몰하고 있는데 우선 그는 의문형의 문장으로 질문을 제시하고 있음을 간과(看過)하지 못한다.

그는 '사람들에게 이해받으며 / 살아갈 생각은 없지만 / 나도 나를 모르는데 / 누가 나를 알아나 줄까'라는 의문형 종결어미의 수사법으로 화두를 먼저 던지면서 스스로 자문자답의 형태로 문제를 해결하고자 하는 그의 내면 의식을 이해하게 된다.

나는 무슨 의미를 가지고
무슨 생각을 가지고
세상을 살아가는 것일까
내가 조금 더 크면
저 별도 잡아낼 거로 생각했는데
나이를 먹는다는 것이
좋은 일만은 아니란 걸
이 세상이 천국도 아니라는 걸
동전 한두 개로 인간의 가치가
결정되는 세상이라는 걸
알게는 되었지만
한 번도 죽어보지 않은 사람이
세상의 참맛을 알기나 할까

살다 보니 살아진 세상에
어차피 미련은 없지만

살다 보니 그렇다 해도
이렇게 삶을 살아왔기에
나 자신을 벌하기 위해서라도
보이지 않는 바람처럼
그림자 없는 바람처럼
삶의 빗장을 열어야 한다
멈춰서면 바람이 아니듯

-「멈춰서면 바람이 아니듯」 중에서

전승진 시인은 삶에 대하여 많은 의문을 간직한 채 살아가고 있다. 그는 먼저 '나는 무슨 의미를 가지고 / 무슨 생각을 가지고 / 세상을 살아가는 것일까'라는 자문의 어조로 회의적 또는 염세적인 심경의 상황으로 전개하는 시법은 다분히 그가 절망의 구조적인 삶의 형태에서 일탈(逸脫)하려는 심리적인 변화의 욕구인지도 모르겠다.

이러하듯이 삶은 생명과 상관하는 생사의 문제와 동행하면서 인생을 구가하게 된다. 일찍이 미국의 사상가 에머슨은 '삶은 실험이다. 많은 실험을 할수록 좋다'는 언지로 인간의 생애에서 애환을 통한 생존의 성숙을 예비하는 교시적(教示的)인 남론처럼 그는 '나이를 먹는다는 것이 / 좋은 일만은 아니란 걸 / 이 세상이 천국도 아니라는 걸 / 동전 한두 개로 인간의 가치가 / 결정되는 세상이라는 걸 / 알게는 되었'고 한편으로는 '보이지 않는 바람처럼 / 그림자 없는 바람처럼 / 삶의 빗장을 열어야 한다'는 해법을 인지(認知)하게 되었던 것이다.

전승진 시인의 삶에 대한 자신의 정의는 다음과 같이 살펴볼 수 있겠다.

> 고래 싸움에 등 터진 / 새우와 고래는 / 생명의 가치가 같고 / 백년 사는 거북이와 / 하루를 사는 하루살이의 / 삶의 크기는 같다(「우문현답」 중에서)

> 성숙한 삶의 경계에 서니 / 하루하루 하나하나가 / 바라볼 수 있음만으로 신비롭다(「종심從心」 중에서)

> 살기 위해서라 해도 / 삶 자체가 위선이라 해도 / 인간에게 잘못이 있다면 / 그것은 / 신의 잘못이라 해야 하겠지(「살아있음은」 중에서)

> 주지도 못해본 / 받지도 못해본 처절한 삶 / 나는 어떤 사람이기에 / 내 인생의 이력서에 / 나를 애달프다 썼을까(「이제부터」 중에서)

그리고 전승진 시인은 시적 표현에서 하나의 관습처럼 의문형 종결어미를 자주 사용하면서 삶에 대한 미지의 해법을 탐색하고 있어서 흥미롭게 몰입하게 된다. 몇 가지 간추리면 다음과 같이 이해할 수 있을 것이다.

위의 작품 「멈춰선 바람이 아니듯」 중에서도 읽을 수 있듯이 '살아있으니까 살아야 하나 / 살아야 하니까 살아야 하나' 또는 '나도 나를 모르는데 / 누가 나를 알아나 줄까' 그리고 '나는 무엇을 하려고 / 어떤 흔적을 남기려고 / 엄마의 가슴을 열고 나왔든가'는 등의 어조로 그의 의문은 끝나지 않는다.

이러한 의문의 적시는 어떤 결론을 창출하기 위한 하나의 질문에 해당되어 그는 이의 해답을 인지하기 위한 과정이라고 유추할 수 있을 것이다. 한편 작품 「내가 있거나 말거나」 중에서 '나는 왜 이렇게 여기 있어야 하는가 / 날개 잃은 나는 / 여기서 무엇을 기다리고 있는가' 또는 '나는 언제쯤 꽃길을 걸을 수 있을까 / 나로 인해 세상이 / 조금이라도 달라질 수 있을까 / 나에게 남아있는 시간은 얼마일까' 등에서도 그는 나와 삶에 대한 깊은 애정의 해법을 탐색하고 있음을 이해하게 된다.

이 밖에도 그의 의문은 작품 「넋두리」 「별들이 윤슬처럼」 등의 시편들에서도 아직 풀지 못한 인생문제들이 많은 의문을 내포하고 있어서 존재의식이나 자아인식에서 회의(懷疑)하면서 지속적으로 탐구하면서 또 다른 형태의 가치관을 확립하려는 그의 지적인 욕구를 엿보게 하고 있는 것이다.

일찍이 이어령 교수가 '의문'이야 말로 창조의 산모(産母)이며 발전의 도약대이다'라는 논지를 대입해보면 생에 대한 의문은 새로운 지표를 수립하기 위한 삶의 한 과정이 아닌가 생각되어 진다.

3. 지향적인 인식에서의 기원 의식

미국의 시인 칼 센드버그는 시란 무지개가 어떻게 만들어지고 왜 사라지는가 하는 것을 가르쳐 주는 환상의 대본이라고 했다. 이렇게 무지개에 대한 '왜'라는 의문은 과학논리에서만 적용되는 것이 아니다. 우리 인간들의 심정에도 살아가면서 부딪치는 현실적 갈등문제를 비롯하여 다양한 현상들이 발현하게 되는데 이를 극복하기 위한 해법 탐색에도 이 '왜'라는 문법상 부사를 많이 사용하게 된다.

전승진 시인도 현재 동행하고 있는 현실 생활(real life)에서 감내(堪耐)해야 하는 다채로운 실상들을 어떻게 풀어나가야 현명한 대처방안인가 하는 문제에 몰입하면서 무지개가 왜 생성하고 소멸하는가를 인생의 의심점을 심층적으로 접근하려는 의식의 흐름을 이해하게 한다.

나무줄기에
의태擬態하여 있을 것이지
언제 나에게 다가섰을까
자벌레 한 마리가
한 자 두 자 재어 가다
무릎 위에서 얼핏 멈추어 선다
나도 감전된 듯 시선을 멈춘다

자벌레가
발끝에서 머리끝까지 재게 되면
그 사람은 죽는다고 하던데
한 자 두 자 재며 가는 길에
어떤 저항이 있었기에
옴의 법칙
Ω자로 쉬는 것일까

자벌레는 얼마를 측량해야
얼마나 오체투지 참회 고행을 해야
우아하게 우화羽化하여
넓은 세상으로 날아갈 수 있을까

-「자벌레의 오체투지」 전문

전승진 시인은 이 시집의 표제시인 '자벌레의 오체투지'의 삶을 조감하면서 그의 내면에 잠재한 의문들은 어느 날 문득 응시한 자벌레 한 마리의 동작에 감전하고 있다. 그의 예리한 감성은 나와 자벌레와의 행동에서 동행을 의식하면서 '언제 나에게 다가섰을까' 혹은 '한 자 두 자 재며 가는 길에 / 어떤 저항이 있었'나, 그리고 '얼마나 오체투지 참회 고행을 해야 / 우아하게 우화羽化하여 / 넓은 세상으로 날아갈 수 있을까'라는 고뇌의 어조가 그를 혼란스럽게 흔들고 있는 것이다.

이러한 고뇌와 갈등은 우리 인간들의 심성(心性)인 정의(情誼)에서 발현하게 되는데 인간 욕구를 충족하기 위한 하나의 방편으로 현현되는 경우를 흔히 볼 수 있다. 전승진 시인은 이러한 욕구는 지적으로 승화한 정신적인 서정성을 강조하는 시법으로 이의 해답을 찾고자 하는 여력을 분명하게 이해를 할 수 있을 것이다.

휘영청 달 밝은 밤이면
인간이 만든 껍질을 벗어버리고
태어난 본모습으로
쏟아지는 달빛 속으로
강아지처럼 달려가고 싶다
세상은 이렇게 아름다운데
눈물이 날 정도로 아름다운데
무작정 손짓 발짓 휘두르고
허둥대며 소리 지르고 싶다
눈물 콧물 흘리며 노래하고 싶다
뒹굴며 몸부림도 치고 싶다
한 곳에 머물지 않는 바람처럼
채워지지 않는 갈증 찾아
절제된 모습에서
한 번쯤은 일탈하고 싶다

이런 것이 본래 나였던 것처럼

-「머물지 않는 바람처럼」 전문

여기에서 그는 '싶다'라는 문법상의 보조형용사를 심저에서 끄집어내어 자신이 취하고자 하는 심정의 일단을 분사(噴射)하고 있다. 이러한 그의 소망이나 여망이 성취되기를 '머물지 않는 바람처럼' 간절히 바라는 시법으로 전환하고 있다.

그의 간구(懇求)는 '태어난 본모습으로 / 쏟아지는 달빛 속으로 / 강아지처럼 달려가고 싶다'라거나 '무작정 손짓 발짓 휘두르고 / 허둥대며 소리 지르고 싶다 / 눈물 콧물 흘리며 노래하고 싶다 / 뒹굴며 몸부림도 치고 싶다' 그리고 '채워지지 않는 갈증 찾아 / 절제된 모습에서 / 한 번쯤은 일탈하고 싶다'는 강렬한 어조로 자신의 신념을 '싶다'라는 작심(作心)의 의지로 나타내고 있어서 우리들의 공감을 광범위하게 흡인하고 있는 것이다.

이러한 욕구는 마지막 행에서 '이런 것이 본래 나였던 것처럼'이라는 '본래의 나'에게 초점을 맞추고 이 세상 풍파에서 벗어나 '본래의 나'의 지향을 탐색하는 그의 시적인 진실이라고 할 수 있을 것이다.

그는 이와 같은 희구(希求)의 상황에서도 진정한 '나'를 심인(尋人)하는 일종의 방편으로 시법을 전개하고 있어서 작품「이름을 준다는 것」중에서 '나는 너를 어떻게 부르고 있나 /너는 나를 어떻게 생각하고 있나 / 이름을 헛되게 할 수 없는 / 이름에 걸맞게 살아왔던가'하고 자성하면서 '네가 나를 지켜봄에 / 내가 나를 지켜봄에 / 허울이 하나씩 벗겨지고 있다'는 어조로 '나'에 대한 생태적인 변신을 시도하고 있는 것이다.

일찍이 독일 철학자 하이데거의 실존철학에서는 '본시에 있던 나'를 찾아서 돌아간다는 개념으로 일상생활이 나를 덮어버려서 진정한 내가 감추어져 있기 때문에 진정한 나를 발견하지 못하지만 그 속에 파묻혀서 보이지 않는 자신을 되찾을 때 사람은 실존(existenz)하게 된다고 했다.

이처럼 전승진 시인은 '나'를 찾기 위해서 다변적인 의문을 설정하고 그 해답을 탐색하기 위해서 '어쩌면 내일 / 내가 이 세상에 없을지라도 / 다음 생애 역시 / 나는 나로 다시 태어났으면(「내가 여기 있었구나」 중에서)'하는 건전한 의식이 시적 원류로 흐르고 있는 것이다.

4. '이슬'이 꽃이 되는 서정적 이미지

전승진 시인은 서정시인이다. '나'를 탐구하고 '삶'을 탐색하는 성찰의 시인이기도 하지만 결국 나와 삶의 동행에서 조망하거나 응시한 인생의 향기는 자연 서정에서 그 진정한 의미를 발견하게 되고 이에 심취한 서정성에 감읍(感泣)하는 진솔한 그의 시정신과 이를 승화하는 시혼(詩魂)을 공감하게 한다.

누군가
잊을 수 없는
가질 수 없는 슬픔에
벌개미취꽃이 되어
차마 말도 못 하고
곱게 울다간
눈물 한 방울

-「이슬」 전문

어디로 가야 하나
갈 길 잃어
허전한 가슴에
귀린처럼
유성처럼
한 줄기 빛으로
살며시 다가서는
노란 꽃잎 하나

-「반닛불」 전분

이 작품 「이슬」과 「반딧불」은 시각적으로 이미지를 창출하는 무기적 물체와 유기적 사물로 분리하여 관찰할 수 있는데 이러한 사물에 투영된 이미지는 모두가 꽃으로 전이(轉移)하여 우리 인간들과 교감하는 시법이 전승진 시인의 인생철학으로 간직한 외연(外延)과 내포(內包)의 진리를 형상화하고 있음을 이해하게 한다.

그는 '이슬=벌개미취꽃'으로 재탄생하는 과정에서 잊을 수 없는 슬픔과 '가질 수 없는 슬픔'으로 '곱게 울다간 / 눈물 한 방울'로 '이슬'은 그의 내면에서 서정적 자아의 이미지로 변모하고 있는 것이다.

다시 그는 '반딧불'이라는 유기체에서 그 불빛이 귀린(鬼燐)과 유성(流星)처럼 변하는 '한 줄기 빛'이 그의 심중(心中)에서는 '노란 꽃잎'으로 재생된 이미지가 바로 그가 추구하고 구현하려는 시적인 이상향의 여망이라고 이해하게 된다.

과거를 묻지 마세요
이처럼 아름다우면 되잖아요
과거를 묻지 마세요
이렇게 우아하면 되지 않나요

세월이 벌려놓은
추억의 간격은 잊어주세요
하늘의 조화와 상관없이

사락사락 날고만 싶거든요

꽃 찾아 향기 찾아가는
저와 함께 가실까요
꽃길만 걷게 될 거예요
당신도
예쁜 꽃이 될 겁니다

-「나비」 전문

전승진 시인은 이 '나비'를 통해서도 결론에서 적시하였듯이 '꽃 찾아 향기 찾아가는 / 저와 함께 가실까요 / 꽃길만 걷게 될 거예요 / 당신도 / 예쁜 꽃이 될 겁니다'라는 인식 단정이 꽃과 나비의 불가분의 상관성에서 그는 '추억의 간격'과 '하늘의 조화'가 '사락사락 날고 싶'은 나비의 기원은 '예쁜 꽃'으로 환생하는 변용(變容)의 시법을 공감의 영역을 확대하고 있는 것이다.

그가 착목(着目)하는 만유(萬有)의 자연 사물에서 이처럼 생동하는 지적인 이미지로 변모하는 고도(高度)의 시법은 바로 그가 작품 「개심사」 중에서 '꽃잎 사이 벌 나비 / 마음을 여는 / 하얀 웃음소리'이거나 '살며시 어우러지는 / 잔잔한 불경 소리 / 세상이 편안해'지는 심성의 조화도 한결같이 이루고 있는 것이다.

또한 그는 꽃의 변신은 보편적인 사물에서 뿐만 아니라 '꽃=당신'이라는 등식에서도 읽을 수 있는데 '세상에서 / 제일 예쁜 꽃 / 당신과 / 함께 피는 꽃 // 세상에서 제일 예쁜 꽃 내 곁에 / 함께 하는 당신(「예쁜 꽃」 중에서)'라거나 '꽃 앞에 서 있는 당신 // 당신은 // 이미 꽃이 되었습니다 // 당신 곁에 있으니 // 나 또한(「꽃의 꽃」 전문)'과 같이 꽃에 대한 예찬과 함께 영원한 미학적 연결로 주제를 명민(明敏)하게 수렴(收斂)하고 있는 것이다.

그는 이 밖에도 우리 주변에서 흔하게 대할 수 있는 감나무, 단풍잎, 옥수수, 호박, 까치밥 등등의 사물과 '가을 하늘' 등의 자연 현상에서도 그의 서정적 이미지는 유감없이 발현되고 있다.

잔바람 가슴 조이며
으스스 별 무리
흐느적이는 밤

불그스레
등 하나 들고
고운 임 기다린다

-「감나무」 전문

이 짧은 표현에서 우리가 감지할 수 있는 이미지나 주제의 이해는 많은 사유를 요구한다. 단순한 사물 '감나무'가 내포한 무한의 시적인 의미는 막연한 '감나무=기다림'을 훨씬 벗어나 상황이나 전개가 사유의 진폭을 확대하는 시법에 공감을 유도하고 있다.

이러한 시법은 앞에서 다채롭게 인용한 '나'라는 일인칭 대명사를 배제한 순전히 객관적인 조응(調應)으로 사물을 응시하면서 전승진 시인의 순정적인 메시지를 표출하고 있어서 정감과 감응을 배가시켜주고 있는 것이다.

5. 결-존재 현장에서 당면한 해법 찾기

이제 전승진 시집『자벌레의 오체투지』의 읽기를 마무리해야겠다. 그는 시집 전체의 흐름에서 '나'라는 주체가 당면한 다변적인 현실적 갈등과 고뇌에서 탈출하려는 심적인 지향성이 잘 반추되고 있어서 그가 진실로 성취해야 할 인생의 지표는 바로 시라는 정신적 매체에 그가 보편적 사유를 가미하는 새로운 가치관을 정립하는 열정을 엿보게 하고 있다.

옛 로마의 대시인 호라티우스는 그의『시론』에서 언급했듯이 '시는 아름답기만 해서는 모자란다. 사람들의 마음을 뒤흔들 필요가 있고 듣는 이의 영혼을 뜻내로 이끌어 나가야 한다'는 말처럼 시는 생에 대한 불타는 창조적 정신의 결실로서 공유할 수 있는 주제가 명징하게 적시되어야 할 것이다.

전승진 시인은 이러한 원대한 사유의 발흥으로 이 시집에서 나의 존재를 인식하는 삶의 현장에서는 많은 의문과 그 해법을 탐구하고 있으며 여기에서 생성하는 문제들을 지향적인 기원의식으로 화해를 시도하는 고도의 시법을 응용하고 있는 것이다.

그가 대체적으로 관망하거나 조망한 심리적인 변화는 자연서정에서 온화한 이미지를 창출하고 이를 우리 인간들의 애환과 접맥하여 화목하면서도 진취적인 인생관의 정착을 작품으로 형상화하는 그에게 내재된 고매(高邁)한 지적 정서가 관류하고 있어서 최상의 시정신 고양(高揚)을 위한 인본주의(humanlsm)의 실현을 위한 하나의 잠언(箴言)이라고 할 수 있을 것이다.

그는 결론적으로 '오체투지 참회 고행'을 지나서 '바닥을 기어가는 호박넝쿨처럼 / 둥글게 살아가자 / 세상살이 춥고 허전해도 / 다시 일어설 수 있다면 / 반짝이는 시간 찾아올 테니(「호박처럼」 중에서)'와 같은 겸손과 긍정의 미덕으로 인생론을 정리하고 있어서 존재의 인식을 통한 성찰의 진정한 시적 진실을 이해할 수 있게 한다.

시집 출간을 진심으로 축하한다.

자벌레의 오체투지

전승진 지음

발 행 처 · 도서출판 청어
발 행 인 · 이영철
영　　업 · 이동호
홍　　보 · 천성래
기　　획 · 남기환
편　　집 · 방세화
디 자 인 · 이수빈 | 김영은
제작이사 · 공병한
인　　쇄 · 두리터

등　　록 · 1999년 5월 3일
(제321-3210000251001999000063호)

1판 1쇄 발행 · 2021년 6월 30일

주소 · 서울특별시 서초구 남부순환로 364길 8-15 동일빌딩 2층
대표전화 · 02-586-0477
팩시밀리 · 0303-0942-0478

홈페이지 · www.chungeobook.com
E-mail · ppi20@hanmail.net
ISBN · 979-11-5860-956-6(03810)

본 도서는 충청남도, 충남문화재단의 후원으로 발간되었습니다.